8° Ye 12908

AF467108

Marie La Jonchère

# Au Jardin de Sylvie

Poèmes

L'Idée Neuve

1930

# Au Jardin de Sylvie

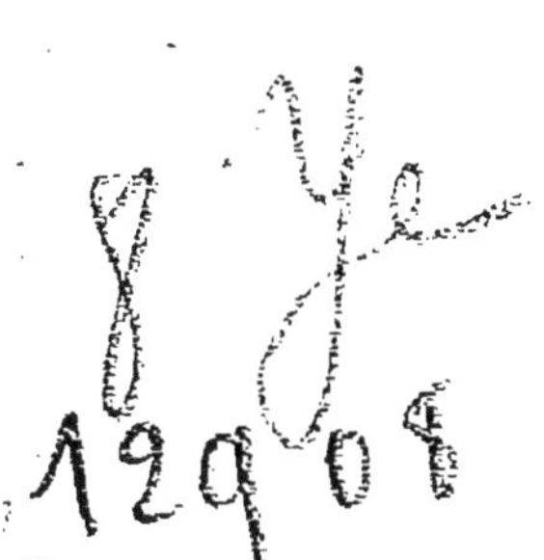

Marie La Jonchère

# Au Jardin de Sylvie

Poèmes

L'Idée Neuve

1930

# Table des matières

R.F. DÉPOT LÉGAL

I

# Flammes

*Flamme d'or du Soleil qui meurtrissez les pierres,*
*Les fronts exténués et les oiseaux fuyants,*
*Vous avez abaissé vos ardentes lumières*
*Pour rendre la nuit douce à nos pas trébuchants,*
*Flamme d'or du Soleil qui meurtrissez les pierres.*

*Flamme rose de Lampe étreignant la pénombre*
*Du reflet imprécis que filtre l'abat-jour,*
*Votre halo brillant de paillettes sans nombre*
*A nos yeux demi-clos vient nimber les contours,*
*Flamme rose de Lampe étreignant la pénombre.*

*Flamme rouge du Feu qui torturez la cendre*
*D'un infernal baiser au foyer de rubis,*
*Vos lueurs en dardant cherchent encore à prendre*
*Un suprême tison au lit de velours gris,*
*Flamme rouge du Feu qui torturez la cendre.*

*Flamme bleue éclairant les rêves du Génie,*
*Eblouissants rayons surgis de l'Idéal,*
*Vous êtes le brasier d'une force infinie*
*Et le monde, par vous, peut oublier le mal,*
*Flamme bleue éclairant les rêves du Génie.*

*Flamme noire des Yeux, discrète ou violente,*
*Vous ne savez cacher ce qui tourmente un cœur :*
*Combien plus qu'une voix vous êtes éloquente,*
*Même en voilant vos feux d'apparente langueur,*
*Flamme noire des Yeux, discrète ou violente.*

*Flamme verte brûlant à la torche sacrée*
*Du Soldat Inconnu, votre austère flambeau*
*Ne veille plus qu'un mort, mais la gloire qu'il crée*
*Rejaillit sur la terre au delà du tombeau,*
*Flamme verte brûlant à la torche sacrée.*

*Flamme de la Folie et Flamme de la Fièvre,*
*Flamme de l'Espérance et Flamme de l'Amour,*
*Consumez à l'envi notre front et nos lèvres*
*Dans la ronde du temps en dansant tour à tour :*
*Flamme de la Folie et Flamme de la Fièvre,*
*Flamme de l'Espérance et Flamme de l'Amour !*

II

# Cristal

*L'aurore de cristal palpite en la rosée,*
*La lumière descend d'un voile transparent*
*Et son or doit tomber d'une étoile brisée*
*Pour aviver l'éclat des nuages d'argent.*

*Des brumes ont frôlé la terre encore humide,*
*La rivière de jade et les bosquets légers :*
*Porcelaine des fleurs, nacre de l'eau limpide...*
*O cristal frémissant comme un bruit de baisers !*

*Le front paraît plus blanc, les yeux d'aigue-marine*
*Ont brillé ce matin. Sans doute notre chair*
*S'imprègne de soleil ou de lune argentine,*
*Des émois de la nuit ou des torpeurs de l'air.*

*Une larme a coulé et sur les mains s'irise*
*Dans un scintillement sans qu'on profère un mot :*
*Est-ce que la douleur aussi se cristallise*
*Dans le cœur anxieux qui retient son sanglot ?*

III

## Clartés

*Opaline clarté, frémissement de l'Onde,*
*Je cherche à m'incliner sur ton brillant miroir*
*Pour qu'un peu du soleil dorant ma tresse blonde*
*Se puisse apercevoir.*

*Clarté lourde du Jour, souveraine insolente*
*Qui courbes tes sujets d'un regard éclatant,*
*Je m'étends à tes feux dans une extase lente*
*Sous ton dur flamboiement.*

*Chaude clarté des Nuits, rayonnement bleuâtre,*
*Ton silence a bercé l'espoir des lendemains,*
*Mais en ton atmosphère une lune d'albâtre*
*Les montre plus lointains.*

*Clarté de Lampe douce en l'abat-jour de soie,*
*Tu caresses cette heure où le soir nous étreint*
*Ravivant le passé... Vers nous descend la joie*
*Quand ta lueur revient.*

*Clarté de notre Esprit, insondable lumière,*
*Que l'on voit dans les yeux ou dans la vérité,*
*Tu portes devant nous la torche la plus fière :*
*O Clarté des clartés !*

IV

# Grisaille

## Sur les Quais du Louvre

A Madame S. de S.

*Grises sont les maisons au long des quais, là-bas...*
*Les Palais, engourdis en ce soir froid d'automne,*
*N'ont plus aucun écho pour retentir du pas*
*D'illustres souverains et leur vide m'étonne.*

*La Seine est d'un gris clair, comme un serpent qui dort*
*Sous le miroitement d'une écaille changeante*
*Ou comme une beauté dont la hanche ressort*
*Sous les menus rubans de moire pâlissante.*

*Le ciel s'élève gris, doucement estompé.*
*Il encadre les toîts et le bord des tourelles*
*De ses plaques d'étain, où l'on voit découpé*
*Le reflet du couchant qui parfois étincelle.*

*Mes yeux aussi, ce soir, sont imprégnés de gris*
*Quand la brume descend, insinuante et molle,*
*Enrober les vieux murs. Mais seule je souris*
*A cette fin du jour, que guette la nuit folle.*

V

# A mes Colliers

*Colliers d'Ambre encerclant mon cou,*
*Chaînes dorées,*
*Vous caressez mes cheveux fous*
*D'ombres cuivrées.*

*Petites roses de Corail,*
*Là, sur ma gorge,*
*Venez semer vos grains d'émail*
*Comme de l'orge.*

*Turquoise froide en ton azur,*
*Joyau de blonde,*
*Tu rehausses d'un charme pur*
*L'épaule ronde.*

*Je t'adore, ô Rubis sacré,*
*Fleur purpurine,*
*Rubis, qui sur ma chair ancré*
*La rends plus fine.*

*Dors en ton écrin, Diamant,*
*Beau Solitaire...*
*Non... Viens, car ton reflet changeant*
*Cherche à me plaire.*

*Mais je laisserai tout pour toi,*
*Qui m'illumines,*
*D'une lueur douce d'émoi,*
*Perle divine !...*

VI

# Le Cendrier

*Post cinerem, nihil...*
(Inscription funéraire à Tolède.)

*Dans la coupe est resté ce petit tas de cendre,*
*Impalpable poussière adhérant sous la main.*
*Mon souffle l'éparpille et pourtant je veux prendre*
*La poudre de velours qu'on foulera demain.*

*Velours gris et si doux, œuvre de quelques flammes,*
*Il a fallu ce feu pour te faire exister !*
*Et c'est la braise, ardente et folle comme une âme*
*Brûlant jusqu'à mourir, qui peut te tourmenter.*

*Quand tout est immolé dans ta cendre très fine,*
*A te détruire encore il ne faut plus songer.*
*La nouvelle lueur qui vers toi s'achemine,*
*Sentant ses vains efforts, va se décourager.*

*Te voici comme un mort en son linceul, tout roide.*
*Viendrais-tu d'un volcan, tu n'aurais de soutien*
*Que dans le cendrier où tu reposes, froide,*
*Epouse du Néant, qui ne lui donnes rien !*

VII

## La Veilleuse

*Lampe discrète,*
*Rose lueur,*
*Toi qui reflètes*
*Ta chaude ardeur ;*

*Flamme cachée,*
*J'aime te voir*
*La nuit, penchée*
*Sur le mur noir.*

*Tu restes pâle*
*Sous l'abat-jour,*
*Quand il s'étale*
*En ses atours.*

*Car en moi-même,*
*Il fait très clair,*
*A l'heure extrême*
*Où dort ma chair.*

*Mon esprit veille*
*Tout en rêvant,*
*Quand je sommeille*
*Cheveux au vent.*

*Et ma pensée*
*Entrant en jeu,*
*Douce éclipsée,*
*Eteint ton feu !*

VIII

# Le Brûle-Parfum

*C'est un parfum d'encens, comme celui qu'à Dieu*
*Les prêtres à l'autel font brûler dans leur temple.*
*Le nuage léger se mêle à mes cheveux*
*Devant le gros Bouddha qui, muet, me contemple.*

*La spirale d'argent semble effeuiller des fleurs*
*Aux arômes divers et, dans la cassolette,*
*Sur les tisons rougis, l'impétueuse ardeur*
*Paraît mystérieuse au fond de sa cachette.*

*Parfum du Souvenir, à longs traits respiré,*
*Evoquant le passé pour le revivre encore,*
*Tandis qu'on se souvient avoir souvent pleuré*
*Et vu mourir parfois tout ce que l'on adore.*

*Doucement est venu au jardin de l'oubli*
*Où trône le Bouddha qui verse sa fumée,*
*L'enivrante vapeur dont l'air est tout empli.*
*Et ce fut l'oasis dans la paix embaumée.*

## IX

# Les Noëls

*Il est sombre, un Noël qui sonne pour les vieux,*
*L'infirme ou l'isolé dont s'enfuit la jeunesse.*
*A ces foyers déserts, une même tristesse*
*Glace les cœurs ce soir et souffle sur les feux.*

*Pour les déshérités, Noël mystérieux,*
*En scintillant au ciel, souligne la détresse :*
*Les pauvres sans pitié, les enfants sans caresse,*
*Sentent plus lourdement leurs pleurs au bord des yeux.*

*Mais les mondains lassés de païennes orgies,*
*Ne penseront pas même aux paupières rougies,*
*De ceux qui, dans le froid, se sont couchés sans bruit.*

*Noël ne sera doux qu'à l'âme illuminée,*
*Des petits et des purs, devant la cheminée,*
*Attendant l'Enfant-Dieu tout puissant, dans la nuit...*

X

# Les Neiges

*La neige du matin met sa couronne blanche*
*Comme un lys effeuillé. C'est un léger duvet*
*De cygne, qui s'ébat d'un mouvement coquet,*
*Ou l'hermine du ciel dont la robe se penche.*

*La neige de midi poudre d'or chaque branche,*
*Etincelant dans l'air au gré des vents follets ;*
*Elle unit le soleil aux toîts et aux volets*
*Quand son blême velours craque sous l'avalanche.*

*La neige du couchant s'avive de rubis*
*Sur les arbres dressés, pareils à des épis*
*Tout roses, dans le soir, au fond de l'ombre inerte.*

*Mais la neige des nuits est bleue entre les ifs*
*Et sa froideur de marbre étreint nos yeux pensifs*
*Qui viennent contempler l'immensité déserte.*

XI

# Piu lento !...

*Je voudrais que mon cœur batte plus lentement,*
*Qu'il s'engourdisse dans l'extase,*
*Pour ne plus ressentir même un souffle de vent,*
*Comme une tige dans un vase.*

*Et que, moins vite aussi, mes yeux pour se rouvrir*
*Relèvent leurs paupières closes.*
*En les baissant longtemps, je saurais moins souffrir,*
*Mes cils voilant les tristes choses.*

*J'aimerais ralentir cette course des ans*
*Pour les êtres chers qui vieillissent*
*Et de leurs fronts aimés écarter les autans,*
*Les orages qui les meurtrissent.*

*Je cherche mollement, sur un vaisseau léger,*
*A bercer la peine infinie*
*Qu'on éprouve parfois à voir les cœurs changer.*
*J'évoque une lente harmonie !*

XII

## Piu dolce !...

*Si quelque Espoir surgit, je lui glisse un duvet*
*Plus doux que les ailes d'un ange,*
*Pour qu'il ne puisse pas me laisser un regret*
*Et perdre de son charme étrange.*

*Quand me vient le Bonheur, je le prends doucement*
*Dans la crainte qu'il ne s'effeuille*
*Puis je bois goutte à goutte et sans un mouvement*
*En mon âme qui se recueille...*

*Oh ! Comme l'on voudrait tout feutrer ici-bas*
*Et tapisser de laine molle*
*Le trop rude granit qui déchire nos pas*
*Souvent, dans notre course folle.*

*On sèmerait des fleurs, des pétales soyeux,*
*Des brins de mousse et de fougère :*
*Ce serait un nid doux comme un coussin moelleux*
*Et notre âme serait légère !*

XIII

# Evasion

A mon amie, Rose L.

*S'évader de son Corps quand la beauté s'en va*
*Sous la lourdeur des ans et le poids des misères,*
*Serait l'allègement dont souvent on rêva*
*Pour suivre dans leur vol les songes éphémères.*

*S'évader de son Cœur encore endolori,*
*L'étreindre en sa poitrine oppressée ou trop lasse*
*Et qu'il se taise, enfin !... Dans ce monde pourri*
*On aurait l'oasis d'un paradis qui passe.*

*S'évader de l'Espoir qui tenaille l'esprit*
*Ou la chair tour à tour et ne plus rien attendre.*
*Etre un Sphinx insensible qui se joue et qui rit :*
*On pourrait au bonheur ne plus se laisser prendre !*

*S'évader du Passé et fermer les deux yeux,*
*Battre à peine des cils, faire en soi le silence,*
*Se perdre dans l'oubli, serait un don des dieux,*
*L'armistice accordé au gré de leur clémence.*

*Mais il faudrait aller comme vont les vapeurs*
*Brûlantes de la terre ou de l'encens qui monte.*
*On voudrait s'évader dans un parfum de fleurs,*
*Puis de la lâcheté n'avoir aucune honte.*

XIV

# Enigma

D'après un bronze.

*Ce mot était inscrit au bas d'un piédestal.*
*Une femme à genoux s'y dressait, extatique,*
*Le buste soulevé sous un pli du métal,*
*Jetant à l'Infini son étrange supplique.*

*Le front lourd de pensers, la main sous le menton,*
*Cette femme rêvait ; mais on ne savait dire*
*Quand son regard allait étreindre l'horizon,*
*S'il la tenait captive ou la faisait maudire.*

*D'une fille d'Egypte elle avait les attraits.*
*Dans sa souple tunique elle était sœur du Sphinx.*
*Le diadème d'or, soulignant par deux traits*
*L'ombre de ses cheveux, nimbait des yeux de lynx.*

*Avait-elle aperçu dans le remous du sable*
*La Pyramide froide ou quelque tamaris*
*Ondulant dans le vent sous un ciel immuable ?*
*Revoyait-elle encor les palais de Memphis ?*

*Une angoisse encerclait au milieu du mirage*
*La femme agenouillée en son rêve flottant ;*
*Mais une âme émanait de la fragile image*
*Qui s'infiltrait en moi dans un songe charmant.*

XV

# Visions lunaires

« Et mon âme a frémi de se sentir trop seule,
« Et tout à coup s'allège à retrouver là-bas,
« Enorme et toute rose en son halo lilas,
« La lune qui se lève au-dessus d'une meule. »

(Albert SAMAIN : *Le Chariot d'Or.*)

*C'est une lueur blanche et lointaine, ce soir,*
*D'une grâce latine,*
*Qui glisse dans le ciel et ses longs remous noirs*
*Sa barque de platine.*

*C'est une lune rose et tendre à mon bonheur,*
*Rose comme une joue,*
*Tendre ainsi qu'une pêche en sa molle langueur,*
*Ronde comme une roue.*

*C'est une lune d'or d'un aspect théâtral,*
*Vrai décor de féerie,*
*Qui couronne la nuit de son riche métal*
*Pour qu'elle lui sourie !*

*C'est une lune orange et lourde, comme un fruit*
*Qui n'aurait pas de branche.*
*Les nuages surpris la soutiennent sans bruit*
*Quand sur eux elle penche.*

*C'est une lune pourpre et d'un reflet sanglant,*
*Une lune écarlate,*
*Qui se rit dans l'éther pour montrer aux vivants*
*Sa face rouge et plate.*

*Ce que j'attends des cieux en mon rêve incertain,*
*C'est une lune parme*
*Pleurant comme un lilas ou quelque iris lointain*
*Des pétales de larmes...*

XVI

## Visions fantasques

*J'aurais voulu, ce soir, être une Japonaise,*
*Qui déguste un thé parfumé,*
*Derrière un paravent où elle étend à l'aise,*
*Ses pieds menus, son corps pâmé.*

*J'aimerais mieux encore être femme Mauresque,*
*Dans l'ombre douce d'un harem,*
*Mettre à mes yeux du kohl, broder des arabesques,*
*Genre tulipes de Harlem.*

*Je désire goûter le kousscouss un peu rance,*
*La pâte lourde des beignets,*
*Dans une tente, au loin, en évoquant la France*
*Sous un ciel tissé de bluets.*

*Mais je souhaite aussi, comme Napolitaine,*
*Revoir le cher San Martino,*
*Et la terrasse blonde où danse la fontaine,*
*Couvrant des chants de Casino.*

*J'évoque une île heureuse où les femmes sont belles*
*Dans un battement d'éventail,*
*Où l'on a de l'été les chaleurs éternelles*
*Au jardin calme d'un sérail.*

*Je cherche un fleuve bleu, la montagne riante,*
*Le miroitement de la mer,*
*Des paons et des faisans à la robe brillante,*
*Des tourterelles gris de fer.*

*Je souris à des fleurs qui surgissent, pâlies,*
*En mes fantasques visions,*
*Arums et lys mêlant dans leurs moires jolies*
*Leurs virginales floraisons.*

*Je préfère un parfum de verveine musquée,*
*Mystérieux et violent,*
*Pour créer à mes yeux quelque femme masquée*
*Qui rit et danse follement*

*Dans un port d'Orient traînent de la vanille*
*Que je me prends à respirer,*
*La menthe et les citrons, le tabac de Manille,*
*De troublantes fleurs d'oranger.*

*Mais je suis près du feu dans ma chambre paisible,*
*Avec de l'encre et du papier,*
*Pour emplir d'Infini mon être trop sensible,*
*Et faire vibrer son clavier !...*

XVII

# Mes Cabanes

*Se levant sur la mer en des nuages fauves,*
*Le soleil les éclaire aussitôt qu'il revient ;*
*Puis, projetant ses feux, du fond des ombres mauves,*
*Les fait surgir d'un coup, dans le jour qu'il retient.*

*En planant sur leurs toîts, de ses ardeurs brûlantes*
*Au cœur du plein midi, l'astre chauffe leur seuil,*
*Tandis que tout autour des masures branlantes*
*Le flot court se briser sur des remparts d'écueils.*

*A l'heure du couchant, encerclé d'un ton brique,*
*Le soleil s'en éloigne à l'instant où le soir*
*L'entraîne en ses vapeurs. Mais, sous un ciel d'Attique,*
*La mer, pour les capter, s'étend comme un miroir.*

XVIII

## Dans les Ruines

Château de T.

*Hirondelle volant dans ces creux de ruines*
*Tu leur reviens en vain ! Ton amour si joyeux*
*Ne peut ressusciter les tours qui te dominent,*
*Rude écrin de ton nid aux oisillons peureux.*

*Et toi, lierre encerclant la masse chancelante*
*Des pierres d'autrefois, tu crois les soutenir*
*Quand leur gloire t'échappe... Ainsi ta sombre mante*
*Rehausse le passé que rien n'a pu ternir.*

*Mais mon cœur à l'assaut de ruines humaines*
*Glisse avec un bruit d'aile et des chansons d'oiseaux,*
*S'accroche comme un lierre en ciselant des chaînes,*
*Ou bien montre le ciel, pur entre les créneaux...*

XIX

# Les Gargouilles de Notre-Dame

## Le Philosophe

*Chimère ou Philosophe ?... On ne saurait le dire !*
*Le profil que dessine un monstre grimaçant*
*Au-dessus de la ville est penché pour maudire*
*Les hommes à ses pieds. Ce geste menaçant*
*De son bras retombé semble écraser l'espace*
*Avec ses poings tendus et le sombre granit,*
*Hostile au monde heureux, ne lui montre sa face*
*Que pour le mépriser. Le souffle de Tanit*
*En l'effleurant le soir, n'abat point sa rudesse*
*Sous le ciel embrasé. Sur son corps de démon*
*N'a prise nul plaisir comme nulle tendresse.*
*C'est en vain que le siècle a tracé son sillon,*
*Car son front endurci n'a pas vieilli d'une heure.*
*Il plane sur le monde engourdi devant lui*
*Et les ans ont passé lorsque lui seul demeure*
*Pour contempler encor demain comme aujourd'hui,*
*Guetteur de temps nouveaux en d'impalpables brises.*
*Dédaignant les trésors à ses pieds entassés,*
*L'antique Philosophe écarte les emprises*
*D'une fortune vile. Et quand les vols lassés*
*Des grands oiseaux de nuit frôlent le sanctuaire*
*On l'entend ricaner. Les couples amoureux*

*Glissant dans la pénombre ignorent le mystère*
*De son regard béant dans l'orbite sans yeux.*
*Lui se rit du bonheur, de la misère humaine,*
*Du labeur incessant. « Tant de peine et mourir ! »*
*Semble-t-il murmurer, telle une voix lointaine,*
*Cependant que Paris, déesse du Plaisir,*
*Etale au soir venu, de fol amour avide,*
*Ses proches voluptés. Mais le griffon, là-haut,*
*En percevant ces bruits, croit d'un geste rigide*
*Pouvoir les arrêter : car pour lui rien ne vaut*
*Le silence des nuits descendant sur la Seine.*

.........................................

*Alors l'aube naissante adoucit les contours ;*
*Un nuage, en fuyant, de son orbe sereine*
*L'enveloppe, impassible, et, dominant ses tours,*
*Le Philosophe dort... En la pierre meurtrie*
*Il ranime un passé, souvenir des grands morts*
*Auxquels il dut la vie. Et leurs âmes pétries*
*Dans une intense foi transmettent à ce corps,*
*Inerte en son granit, de vivantes pensées.*
*Les clartés du matin dressent le noir démon*
*En vigilant gardien des mânes dispersées*
*De ces héros d'antan et de leurs fiers blasons.*
*— Soudain je le regarde et c'est une Chimère*
*Qu'au sceptique Paris offre un soleil levant :*
*Car Paris ne croit pas au Philosophe austère*
*Et tourne devant lui son visage riant.*

XX

## Immobilité

*C'est l'immobilité complète de la nuit.*
*L'étang n'a pas de ride entre les herbes sombres,*
*Les poissons engourdis ne font plus aucun bruit,*
*Le vent calmé retient le mouvement des ombres :*
*C'est l'immobilité complète de la nuit.*

*Pas un arbre ne bouge au parc mystérieux :*
*Les oiselets craintifs ont baissé leurs paupières,*
*Au creux tiède du nid que regardent les cieux.*
*L'obscurité se fait sous la lune plus fière ;*
*Pas un arbre ne bouge au parc mystérieux.*

*La fleur a clos aussi son calice de lin*
*Et, veuve du soleil, ne tourne plus la tête,*
*Comme ne tournent plus les ailes du moulin,*
*Comme se sont éteints les derniers airs de fête ;*
*La fleur a clos aussi son calice de lin.*

*C'est l'immobilité, le silence de Sphinx...*
*Pas un frissonnement et pas même une plainte,*
*Pas un murmure au loin. Pareille aux yeux de lynx,*
*Une étoile a brillé que je croyais éteinte.*
*C'est l'immobilité, le silence du Sphinx !*

XXI

# La Fiancée-Veuve

## Vision d'après guerre

« Il dit « C'est donc aux morts que tu vis enchaînée?
« Vierge, un deuil solitaire est donc ton hyménée ?
« Est-ce à toi de vieillir en des pleurs superflus ?
« Il ne reviendra pas ; sans doute il ne vit plus. »

(André CHÉNIER : *Bucoliques.*)

*Un chant d'*Alleluia *s'élève à son oreille,*
*Mêlé de carillons aux tintements joyeux.*
*Une vague d'encens en son âme réveille*
*De mystiques élans et fait pleurer ses yeux.*

*C'est Pâques aujourd'hui. Des souffles de prière*
*Ont parfumé l'air pur et les rameaux coupés*
*Pour fêter l'*Hosannah, *la semaine dernière,*
*Au chevet de son lit sont fraîchement groupés.*

*Des couples amoureux ont trahi leur tendresse*
*A son regard baissé qui ne les voyait pas*
*Et de petits enfants ont sauté d'allégresse,*
*Quand elle aurait voulu qu'ils parlassent tout bas.*

*Le bonheur se répand, mais sa gorge se serre.*
*Une fleur s'est ouverte, un oiseau va chanter :*
*Elle appréhende un cri pour cet hymne à la terre*
*Et repousse la fleur qui ne peut la tenter.*

*De cruels souvenirs elle est enveloppée.*
*Ils lui font un linceul léger, immaculé*
*Et dans dans le crêpe blanc sa jeunesse est drapée.*
*Si son cœur ne bat plus, c'est qu'il a trop pleuré.*

*Il forme entre ses mains un petit tas de cendre.*
*En ce soir de printemps elle pleure un peu plus,*
*Dans le jardin fermé n'osant plus redescendre*
*Cueillir d'autres espoirs quand les siens sont exclus...*

## XXII

# Vigile des Trépassés

*Une touffe d'iris, aux pétales pâlis,*
*Elance sa fierté sur une blanche tombe*
*Où repose un Enfant. Et la gerbe en ses plis*
*Couvre le petit corps que veille une colombe.*

*Les calices soyeux des œillets teints de sang*
*Ont semé leurs rubis sur la pierre funèbre*
*Du Soldat qui tomba, fauché dans l'humble rang :*
*C'est là son ruban rouge en ce soir de ténèbres.*

*Une lourde corbeille orne de son fardeau*
*Le tertre d'un Maudit. D'éclatants chrysanthèmes*
*De leurs lèvres de feu baisent le noir tombeau*
*Et leur caresse endort les anciens anathèmes*

*La Beauté ressuscite en son marbre très pur :*
*Quelque furtif Amour sous des grappes de roses*
*Revient pour l'enivrer. L'art funèbre est moins dur*
*Quand la femme et la fleur ensemble se reposent.*

*Mais dans la nécropole où vont errer mes pas*
*L'abandon d'un caveau recueille ma prière,*
*Et ce pieux bouquet jeté sur son trépas*
*De mon Frère Inconnu bénira la poussière.*

XXIII

# Dédain

*Il est une heure amère où le dédain nous prend*
*Quand la laideur d'une âme en notre âme s'étale*
*Avec le reflet trouble et changeant de l'opale*
*On la voit déferler comme un flot qui s'étend.*

*Un gouffre en nous se creuse et notre esprit descend*
*Vers ces bas-fonds humains où le mensonge exhale*
*D'hypocrites parfums... L'être vil, au front pâle,*
*Aborde notre cœur, qui d'instinct se défend.*

*La hideur vient ramper et souffle de sa bouche*
*Un air empoisonné. Mais, d'un regard farouche,*
*Nous arrêtons les mots où se glisse le fiel.*

*Et si nous passons droits, notre fierté sauvée*
*Du sursaut de dégoût qui l'avait abreuvée,*
*Un Idéal s'élève à nos yeux, dans le Ciel.*

XXIV

# Lassitude

D'après le tableau d'Osbert
représentant une femme accablée sur un rivage.

*J'entends pleurer son cœur en lente symphonie.*
*Il pleure goutte à goutte et le profond émoi*
*Qui l'a jadis brisé le laisse en agonie.*
*J'entends pleuvoir cette eau qui retombe sur moi.*

*La vague monotone a repris sa berceuse*
*Que l'on perçoit à peine et ce bruit assourdi*
*Cherche à calmer sa chair d'une douceur trompeuse.*
*Les pleurs qu'elle a versés en semblent attiédis.*

*Son être trop meurtri devient presque insensible*
*Aux longs appels de vie, écartant la douleur*
*D'un geste insouciant. Mais une paix visible*
*Dans son prisme a capté comme un arc de couleur.*

*On sent vibrer encor la défunte jeunesse*
*Quand son cœur a pleuré sans que pleurent ses yeux.*
*Elle l'étreint alors du fond de sa détresse,*
*Dans l'espoir d'empêcher ses suprêmes adieux.*

*Lorsqu'elle étend le bras pour voiler sa paupière,*
*Son corps est tout raidi d'un mouvement d'effroi*
*En ne voulant plus voir même un peu de lumière.*
*C'est alors que la mort semble venir à soi...*

XXV

# Chants lointains

D'après le tableau d'Abel Boyé.
Salon de 1920.

*Quels sont les chants lointains écoutés de son âme ?*
*Suit-elle un songe pur dans ce sombre décor ?*
*La lumière du front fixe-t-elle la flamme*
*D'un mystère troublant ? On voit qu'un rayon d'or*
*La nimbe et l'auréole, enveloppant ses charmes*
*D'une exquise clarté. Mais ce qu'on ne sait pas,*
*C'est la voix qu'elle entend — source de bien des larmes*
*Peut-être — et cette voix qui lui parle tout bas*
*Semble la fasciner ! Est-ce un flot de jeunesse*
*Remontant à son cœur et qu'il lui faut dompter ?*
*Le souffle du printemps, enivrante caresse,*
*Vient-il pour la troubler et doit-elle lutter...*
*Dès demain ? Car le soir elle est tout à son rêve !*
*Le secret est gardé, rien ne le livrera ;*
*Mais ce que l'on comprend, c'est que cette voix brève*
*Et lointaine des chants bientôt l'entraînera...*

XXVI

## Exaltation

*La nature s'avive en coloris intenses ;*
*Les flammes du soleil ou celles du foyer*
*Eblouissent nos yeux d'une lueur immense*
*Telle qu'on croirait voir un volcan flamboyer.*

*Un chant au fond de nous se dégage et nous grise :*
*C'est le chant du Passé, le chant de l'Avenir,*
*C'est le chant de la vie ardente qui nous brise,*
*L'effroi de la douleur ou l'attrait du plaisir.*

*Une ombre qui s'étend, la chute d'un pétale,*
*Une idée, un désir, un mot d'affection,*
*Le bruissement de l'eau pleurant ses larmes pâles,*
*Tout exalte en nos cœurs vibrants l'émotion.*

*L'enthousiasme nous prend, l'idéal nous entraîne*
*Dans un* Excelsior *qui monte éperdument*
*Et la terre a brisé l'entrave de sa chaîne*
*Car sur nos fronts rayonne un vaste firmament.*

XXVII

# Le dieu du Silence

*Sous la voûte d'un front impassible et serein*
*Le dieu, dans son orgueil, contenait sa pensée*
*Comme un trésor caché sous un dôme d'airain*
*Et nul ne pouvait lire en cette âme blasée.*

*Par la frange des cils où ses yeux adoucis*
*Allongeaient leur regard sans dire leur mystère,*
*On ne percevait plus qu'un éclat imprécis*
*Et les secrets du dieu dormaient sous sa paupière.*

*Près du sourire fin dont l'arc est détendu,*
*Sur la lèvre sceptique un petit doigt se pose,*
*Soulignant que tout verbe est un fruit défendu*
*A sa bouche obstinée éternellement close...*

*Le Silence a passé. Ce n'était qu'un frisson,*
*Un battement de cœur, un espoir, ce sourire,*
*Car on ne recueillait jamais le moindre son*
*Sur le seuil de ce temple où chaque bruit expire.*

XXVIII

# Villanelle de l'Oiseau mort

*Sa fin fut mystérieuse :*
*Il n'a pas eu de soupir*
*En quittant la vie heureuse.*

*Son âme était curieuse*
*De voir l'horizon s'ouvrir*
*A sa marche audacieuse,*

*Peut-être une onde orageuse,*
*Le contraignant à s'enfuir,*
*Lui devint pernicieuse.*

*Dans sa course aventureuse*
*A-t-il vu l'hiver venir*
*Glacer sa plume soyeuse ?*

*Pour lui la nuit lumineuse,*
*L'ayant regardé souffrir,*
*Jette une ombre précieuse.*

*Près des sources sinueuses,*
*Il est mort dans le saphir*
*Des étoiles en veilleuses,*
*Un soir lourd de nébuleuses...*

## XXIX

# Pieds nus

*Je glisserais, pieds nus, sur la mousse des bois*
*Pour la sentir humide et douce sous la marche.*
*Dans l'air bleu du matin, tel David autrefois,*
*Je rêverais danser comme lui devant l'arche !*

*Sur un divan moelleux au velours damassé*
*J'aimerais alléger le poids de mon pied rose,*
*Pour qu'ensuite ce pied, par ainsi délassé,*
*Sur un tapis de fleurs plus mollement se pose.*

*Je voudrais pénétrer, toute seule, pieds nus,*
*Sur le dallage frais d'une claire mosquée*
*Pour lire du Coran des versets inconnus*
*Et me baigner d'une eau violemment musquée.*

*Mais j'imagine un sable où tout l'or du soleil*
*Et les jeux de la mer, en ce déclin d'été,*
*Mettraient à mon pied nu, dans le couchant vermeil,*
*Un émouvant contact avec l'Immensité...*

XXX

# Le Sablier

*Je suis le Sablier qui filtre de l'attente*
*Les secondes sans fin. Je fais l'heure plus lente*
*Et je la fais sans bruit pour qu'un seul battement*
*Au rythme de vos cœurs s'égrène éperdument.*

*Je suis le Sablier qui compte les minutes*
*De l'angoisse secrète et je vous persécute*
*En votre anxiété. Par moi vous sentez mieux*
*Les larmes de l'effroi incendier vos yeux.*

*Je suis le Sablier où glisse l'espérance*
*Des matins enchanteurs, estompant la souffrance*
*Des âmes abusées. Je promets le bonheur*
*Par mes grains distillant leur sourire menteur.*

*Mais il viendra des jours où le fond de mon sable*
*Soudain apparaîtra plus vain et plus instable*
*Vous ne tournerez pas mon vase entre vos mains :*
*Car ce seront des jours pour vous sans lendemains...*

XXXI

# L'heure la plus exquise

*L'heure la plus exquise est celle dont les bleus*
*S'alanguissent à peine au déclin des journées,*
*L'heure dont les clartés de couleurs surannées*
*Vont rejoindre la nuit ouvrant déjà les yeux.*

*Heure suave et calme où passent peu à peu*
*Les ultimes lueurs en leur traîne fanée,*
*S'éloignant doucement de ma vue étonnée*
*Qui fixe la fenêtre où brille un point de feu.*

*Allumer une lampe et garder ses persiennes*
*Ouvertes, dans le soir... Les colonnes païennes*
*Des rideaux entrevus ont encadré du ciel !*

*Ainsi l'ombre du jour ou le jour des lumières*
*Filtrant à la fenêtre en ces heures dernières*
*Goutte à goutte en mon cœur verse un nectar de miel...*

XXXII

# La fenêtre voilée de rose

*Dans une façade massive*
*— Une haute et triste maison —*
*J'aperçois une clarté vive*
*Qui jette au dehors son rayon.*

*C'est la lueur d'une veilleuse*
*Derrière le carreau fermé.*
*La fenêtre me rend rêveuse,*
*Car j'y veux voir un être aimé.*

*Le fin rideau de tulle rose*
*A cette vitre, en la drapant,*
*Opère une métamorphose*
*Eblouissant tout, un instant.*

*Il n'est jusqu'aux flaques de boue*
*De la rue où traînent mes pas,*
*Dans l'empreinte de tant de roues,*
*Qui n'en prennent un ton lilas.*

*Fenêtre rose de mystère,*
*Vous que je regarde souvent,*
*Voulez-vous donc toujours vous taire ?*
*J'attends ce soir un coup de vent...*

*Coup de vent poussant votre vitre,*
*Ecartant le rideau léger,*
*Montrant la lumière qui filtre,*
*Révélant votre prisonnier.*

*Jamais on ne voit rien qui bouge*
*A l'heure où je passe le soir.*
*Rien, sinon la lueur vieux rouge*
*Comme un charbon dans l'encensoir.*

*Mais aujourd'hui le crépuscule*
*Est complice de mon désir*
*Quand dans l'ombre je me recule*
*Pour mieux percevoir un soupir.*

*Derrière cette mousseline*
*Retenant si bien les secrets,*
*J'ai vu la figure câline*
*Qui laisse ouverts ses deux volets.*

*C'est un petit garçon bien sage...*
*C'est lui qui trace son devoir,*
*Ange brun, penché sur la page*
*D'un cahier, quand je sors le soir !*

XXXIII

# Bruissements

I

## L'eau

*Bruissement de vasque ou de jet d'eau tremblant*
*Et murmures sans fin d'immortelles fontaines,*
*Comme vos chants aimés, le soir, en se mêlant,*
*Sont l'âme des jardins où mes pas encor traînent !*

*Bruissement joyeux de torrents clairs et fous,*
*De ruisseau déchaîné qui galope et qui gronde,*
*Vous transportez la vie en vos rudes cailloux*
*Des hauts sommets neigeux jusqu'au fond de vos rondes.*

*Bruissement perdu des fleuves éloignés*
*Ou léger clapotis d'une proche rivière,*
*De la source à la mer vous restez imprégnés*
*Des mêmes mouvements exaltant la lumière.*

*Bruissement d'enfer du terrible océan,*
*Hurlement de la vague accourue en furie,*
*Vous bravez les rochers et la longueur des ans*
*Pour que votre concert nous semble une féerie.*

*Bruissement de pluie et de neige en flocons*
*Qui lentement sur l'âme ont versé la détresse,*
*Peut-être bercez-vous je ne sais quels frissons*
*Aux flammes du foyer où votre froid nous presse...*

II

## Les ailes

*Frôlis d'ailes d'oiseaux, qui passez vivement*
*En poursuite joyeuse au-dessus de ma tête,*
*Vous animez le ciel de vos bruissements*
*Que je perçois toujours quand votre chant s'arrête.*

*Cigales du Midi crissant dans les jardins,*
*Vos fines ailes d'or, de Maillane à Manosque,*
*Sont l'esprit de la terre où Mireille, au matin,*
*Cueillait l'olive verte à l'ombre d'un kiosque.*

*Ailes d'insectes bleus, libellules du lac,*
*Crépitement léger d'un bruit qui s'étiole,*
*Votre invisible orchestre en son discret tic-tac*
*Accompagne les eaux aux chants des lucioles.*

*Ailes de Guynemer, ailes de l' « Oiseau Blanc »,*
*Grandes ailes de France éployant vos victoires,*
*Votre bruissement, s'il demeure troublant,*
*Prolonge en nous l'écho d'une illustre mémoire.*

*Ailes de notre Rêve au doux bruissement,*
*Musique de notre être avide de chimères,*
*Quand ta voix nous conduit, cette Sirène ment,*
*Mais elle est la plus belle en son charme éphémère !*

III

## La soie

*Bruissement de soie exquise en son frou-frou,*
*Chansons de belle robe et de molles écharpes,*
*Cantate à la Beauté : vibrant autour du cou*
*La trame de vos fils égrène un son de harpe.*

*Léger bruit d'éventail qui scandez chaque mot*
*Ou les temps d'une valse, aux brillantes soirées*
*Votre moire exprima la joie ou le sanglot*
*En des gestes secrets, sur l'épaule effleurée...*

*Joli bruit de coussins, de moelleux falbalas,*
*Sur les divans, épars, vous chantez la complainte*
*De nos corps alanguis et de nos gestes las,*
*Quand nous venons vers vous pour oublier nos craintes.*

*Bruissement de fleurs, de pétale effeuillé*
*Qui voltigez, ténu, du vase jusqu'à terre,*
*Bruissement soyeux d'un cytise endeuillé,*
*Vous pleurez sur sa fin en étrange mystère.*

*Simple bruissement de parchemin froissé,*
*De pages qu'on feuillette en ses doigts, dans un livre,*
*Satin blanc d'un papier que l'on a trop pressé :*
*C'est votre chant, surtout, qui peut nous laisser ivres !*

IV

## Le vent

*Bruissement du vent penché sur la forêt*
*Pour l'entendre gémir ou caresser ses branches,*
*Tour à tour vous dansez, puis pleurez sans arrêt,*
*Musique des grands bois berçant la lune blanche.*

*Vent léger du matin qui folâtrez dans l'air*
*Grave des* Angelus, *vous balancez les cloches,*
*Eparpillant le chant des campaniles clairs,*
*Bruissement pieux où notre foi s'accroche.*

*La ville, en s'agitant de vains bourdonnements,*
*Au vent chaud de midi met son remous d'abeilles.*
*La ruche des humains aux durs bruissements*
*Est plutôt un guêpier qu'une brise réveille.*

*Vent des routes, le soir, butinant en chemin*
*Tous les bruissements de maison blanche ou grise,*
*Les hurlements des chiens, les cris d'enfants mutins,*
*Vous transmettez ces voix de la campagne exquise.*

*Mais ce qui vient par vous, ô murmures du vent,*
*C'est la plainte de l'âme et de ses souvenirs*
*Donnant à votre souffle un tel frémissement*
*Que nous fermons les yeux pour l'écouter venir...*

XXXIV

# Au Jardin de la Princesse

*C'était une Princesse aux doux cheveux châtains,*
*Aux étranges yeux verts. Dans les vasques de marbre*
*De ses jardins fleuris, elle glissait au bain*
*Que le soleil teintait d'un reflet de cinabre,*
*Pour elle, la Princesse aux doux cheveux châtains.*

*Et sa chair se mouillait, pour rosir encor l'eau*
*Ruisselant sur son corps aux mouvements d'ondine.*
*Des pétales tombés lui tissaient un réseau*
*D'impalpable arc-en-ciel et leurs nuances fines*
*A sa chair se mêlaient pour rosir encor l'eau.*

*Les oiseaux engourdis assourdissaient leurs chants,*
*Berceurs de cette nymphe en son rêve languide,*
*Au son du clapotis. Les cèdres bruissants*
*Eux-mêmes se taisaient sous leur cîme rigide*
*Où les oiseaux pâmés assourdissaient leurs chants.*

*La Princesse aux yeux verts ne voulait plus de fleurs.*
*Pour en avoir connu les perfides promesses,*
*Les messages d'amour qui trahissent les cœurs,*
*Elle répudiait pour jamais leurs caresses :*
*La Princesse aux yeux verts ne voulait plus de fleurs.*

*Le grand parc mourut dans ses arbres séchés.*
*Il n'y eut plus d'oiseaux, de mousse et de fougères,*
*Plus de muguets pâlis dans les bosquets cachés.*
*Cependant des jets d'eau mettaient leur voix légère*
*En ce parc mourant sous ses arbres séchés.*

*Seul, tout éblouissant, un palais de cristal*
*Se mirait au matin dans ses portes d'ivoire.*
*Quand les bruits s'éteignaient, un charme oriental*
*Délectait la Princesse en sa robe de moire,*
*Dans l'éblouissement du palais de cristal.*

*Sous un ciel bleu semé de lapis-lazuli*
*Des colonnes montaient du jardin sablé d'ambre.*
*Dont les verts chapiteaux, faits d'un jade assoupli,*
*Reflétaient les doux soirs d'une fin de septembre,*
*Sous le ciel bleu semé de lapis-lazuli.*

*Et l'eau coulait toujours. Son clair pizzicato*
*S'échappait lentement d'un marbre pentélique,*
*Jaillissant jusqu'au sol avec un son d'alto.*
*Des ibis ou des paons rehaussaient le portique.*
*Et l'eau coulait toujours en clair pizzicato.*

*La lune, indifférente aux roses du vitrail,*
*Aux terrasses de nacre, aux toits de pur platine,*
*Déposait un baiser sur la dalle en corail*
*De balcons aériens. Elle était opaline,*
*La lune, indifférente aux roses du vitrail.*

*Mais elle promenait un regard indolent,*
*Cherchant dans la pénombre encore un peu de vie*
*Parmi ce palais d'or et ses bassins d'argent,*
*Quelque chose d'humain, vrai* Jardin de Sylvie...
*Car elle promenait un regard indolent.*

*Elle ne trouva point... Et la lune partit !*
*La Princesse dormait sous un dais de turquoises,*
*Les pieds nus, sans coussin pour s'étendre en son lit.*
*Son esprit pourchassait des rayons qui se croisent.*
*Mais toujours vainement... Et la lune partit !*

BIBLIOTHÈQUE NATIONALE R.F. ESTAMPES

Les Impressions
Croset frères
26, rue de la Part-Dieu
Lyon

www.ingramcontent.com/pod-product-compliance
Ingram Content Group UK Ltd.
Pitfield, Milton Keynes, MK11 3LW, UK
UKHW020348220726
13923UKWH00004B/1583

9 782329 033051